JN062730

安水稔和詩集

繋《つな》ぐ

続続地名抄

編集工房ノア

『繋《つな》ぐ　続続地名抄』　目次

I　地名抄

Ⅳ　地名抄

VI　地名抄

九州の旅　一九九七年三月　37年後の逆まわりの旅　八篇

Ⅶ　地名抄

東経１３７度線上を行く　十篇

Ⅷ　地名抄　尾駮の牧・楚堵賀浜風補遺

尾駮《おぶち》の牧　十四篇

カバー絵　津高和一
装幀　森本良成

Ⅰ　地名抄

奥津《おくつ》

風が吹き
日影あたたかく。
川のむこうに立つ一本の木
白い花に包まれて揺れる一本の木。

風がやみ
日影移り。

川のこちらに立つ一人の男
立ったまま動かぬ一人の男。

また風が来て
日影傾き。
揺れつづける一本の木
歩きだす一人の男。

貴布川《きふがわ》

わたしたちはここで出会ったのか
それともここで別れたのか。
わたしたちはここですれちがったのか
それともここに来なかったのか。

立ちすくんで見まわせば。
西に行けば土の里

東へ向かえば炎の山
北へ辿れば水の町。

山がざわめく
鳥が落ちる。
そもそもここはあるのか
そもそもここはあったのか。

日が沈み
闇が迫る。
立ちすくむわたしたちに
星が降りはじめる。

逆巻

さかさまき

雪の谷に入る。
斑雪《はだれゆき》のした
蕗の薹《ふきのとう》の淡いみどり。

崖ぎわの
宙に浮く一軒宿。
夜の食膳に熊が出る。

降りつづく雨。
雪が融ける
ニホンカモシカあらわれる。

雪の谷を出る。
片栗《かたかご》の花ひっそりと
紅紫の花弁飛び立つように。

欅平《けやきだいら》

山また山
谷また谷。
宙を行くトロッコ
降り立ち。

岩の壁
細々と続く細道つたい。
風吹き抜ける
遠い空　遠い川。

*下の廊下。川から約一〇〇メートル上にある。

横川

よこごう

快晴
雪の道歩いていて。
すとんと落ちる
腰まで落ちる。

雪をつかみ
宙に浮き。

水音激し
足の下。

目路のかぎり
雪の原ひろがり。
頭上
蒼天。

川湯《かわゆ》

夜半
雨激し。
夢中
水走る　木が走る。
翌朝
日が射し雲が流れ。

板橋流れ
河原水に沈み。

色かえて流れる川
鳴きつづける藪うぐいす。
川をたどり川をくだり
今日は河口へ。

指宿《いぶすき》

さきほどからつづく
低い響き。
あれは空耳か
気がかりな。

吹きつける海の風
動きつづける白い雲。

遠くぼんやりと
島影が。

いつまでも座りこんで
動けない。
なにか気がかりなこと
あるような。

戸田《へた》

じっとり湿った土
踏みしめて。
松林伝い
峰を越えれば。

海が見えるはず
波頭がまぶしいはず。

頂き白き大いなる山が
遠く見えるはずだが。

ともすれば
松葉に足とられ。
松林とぎれて
ふと消えて。

海は幻
山も幻。
風ざわざわざわと
現《うつつ》消し去る。

瀬戸田《せとだ》

ナップサックひとつ持った少女が甲板のベンチにぽつんと一人座っている。目があうとにっこり笑って。

旅行？

はい。

一人で？

はい。
もうどのくらい？
十日。
もう帰るの？
まだ帰らない。
いつ帰るの？
わからない。
楽しい？
わからない。
気をつけて。
はい。
元気で。

はい。

にこにこ笑って手を振って別れた少女のその先の姿が見える。大きなミカンをかかえて島の旅を続ける少女。駅のベンチに座って列車を待つ少女。坂の上の小さな城を見上げている少女。ドームの前で鳩を見ている少女。海中に立つ大きな赤い鳥居を見ている少女。道ばたの掘り割りを泳ぐ鯉を見ている少女。波に濡れる少女。沈む夕日に見とれる少女。いつ終わるとも知れない旅をつづける少女。少女の姿はすこしずつちがうのだが元気な笑顔はどれも変わらない。

出合《であい》

山と山とが重なるところ
川と川とが集まるところ。
立ちのぼる霧
はねあがる水しぶき。

でくわす　はちあわせ
おちあう　めぐりあう。

風であれ　雲であれ
土であれ　人であれ。

しらずしらず漏《も》れるため息
おもわず口遊《ずさ》む唄。
切ないうめき声
熱い息づかい。

＊出合という地名は各地にある。

本郷《ほんごう》

電話をかけてどう行けばいいのかたずねて言われたとおりの駅でおりてタクシー拾って着いたところは町はずれのさびれた一軒宿。客はわたしひとり。宿のまわりは真っ暗。明かりひとつない。どうも思っていたところとはちがうらしい。早々と寝る。翌朝窓のむこうの川の土手をイワツバメ群れ飛ぶ。

行くはずだった本郷は松林に囲まれ春はウグイスツツジ咲き夏は涼風秋松茸。行きそびれた宿の電話番号手に握り。まだ行かぬ旅まだ行けぬ旅もすでに旅かと。

＊本郷という地名は全国各地にある。
＊本郷＝その人の生まれた土地、故郷、本貫。郡司の庁、すなわち郡衙《ぐんが》のあった郷、もとむら。

柵原《やなはら》

行ったような
行っていない。
行ってみたい
行かない。

そんなところが
ありはしないか。
ある
ようで。

II 地名抄

青森　あおもり　三篇

下北　しもきた

盛岡あたりで目がさめる
夜明けの川の白い河床。
野辺地で乗りかえて
下北で下車。

やっと開いた
駅前の食堂で
ぬるいラーメンすすって。
駅の便所に入って。

半分開いた
すすけた窓ガラスのむこうに。
白く輝やく雪の山
しばし見入る。

＊釜臥山。

大間《おおま》

食堂の壁に
イカ定食。
出てきたのは
丼鉢に大盛りのイカの細づくり。

店の前が
すぐ海で。
海峡の波の音

遠く犬の声。

立ちすくむ背に
おおいかぶさる森。
繁る葉叢《むら》
小さな朱の鳥居。

森かげに立つ
人の影。
海のむこうを見つめる
人の影。

＊下北半島先端。

三厩　みんまや

あの人を追って
辿りついた。
港を前にした
古い宿。

夜半
裏山が鳴り出し。
音たてて雨戸がきしみ

激しい雨に風。

夜が明けて
道は川。
海は沖まで
泥色に変わり。

船が出ない
海を渡れない。
あの人のうしろ姿が
かすんで消えて。

＊津軽半島先端。

秋田　あきた　六篇

秋田内陸縦貫鉄道沿線。

根子　ねっこ

山を抜けると
ひとにぎりの平地。
山に囲まれ。

あるとは

おもわなかった。
あったのだ。

人知れず
われ知らず。
ひそかに入る地
ひそかに立つ地。

*マタギの村、根子番楽の里。

笑内　おかしない

*

急坂を駆けあがる
斜面に出る。
山並みはるか
林間をくだる。

舞いあがる土埃
嘘のようにしずまり。
夕闇がやさしく迫り
山の冷気に包まれる。

笑内　＊＊

前後に木々
左右に木々。
木ばかり
木のにおいにむせて。

木に埋まり
木に取りおさえられ。
鬼灯山《ほおずきやま》迂回
駆け下りる。

阿仁合　あにあい

＊

風もないのに
ざわざわ揺れる。
風に応えて
いっせいに葉裏を見せる。

よく見れば
どの木にも花は咲く。
木という木に撒かれた
まばゆい氾濫。

阿仁合　＊＊

高い梢に
ホオノキの花。
結び目をほどいたよう
上向きにはらりと白く大きく。

葉むらに乗る
トチノキの花。
白い花のかたまり
小鬼の角《つの》の鬼ごっこ。

打当《うっとう》

土手に並ぶ紅い花
ずっと向こうまで続く紅い花。
燃えたつように
野山を埋めて。

土を染め
心を燃やす。
祝い花
目のなかにいまも揺れ。

*タニウツギ＝スイカズラ科落葉低木。ガザ、イワシバナ。開花が農作業暦に利用される。飢饉のとき若葉を食したとか。その地方名は一〇〇を数える。

男鹿　おが　三篇

門前　もんぜん

*

刳り舟並ぶ
砂浜めざし。
闇の果てから
ひしひしとやってくる。

おお　おお　おお　おおおお
おらぶ声がひびき渡る。
おるか　おるか　おるか　あああああ
蓑姿あらわれ。

まだ　まだ　まだ　まだか　あああああ
刃物光り。
おる　おる　おる　ううう
鬼面近づき。

＊なまはげ、生剝、なもみはぎ。秋田県男鹿半島などで行われる旧暦一月十五日（近年は大晦日）の夜の行事。

門前　＊＊

登る
森のなか。
登りつづける
うす暗い急な階段。

登りきると
草の原。

茂みのなかに
並び立つ社。

立ちのぼる声々
響く木霊《こだま》。
立ちつくす
あの影は。

＊五社堂。

門前　＊＊＊

山上に刳り舟あり
くすんだ舟板。
欠けた舳《へさき》
へしゃげた艫《とも》。

第八豊栄丸
と読める。

滲み掠《かす》れ
読みとれない船名も。

塩のにおい
わずかに辛《から》く立ちのぼり。
木のにおい
かすかに甘く遠く。

＊真山神社。

岩手　いわて　四篇

花巻　はなまき　＊

雨かとおもえば川の音
川音にまじって河鹿《かじか》の声しきりに。
赤松の林を抜けて釣橋渡ると
水しぶきあげて大滝落下。

熊が出ますの立札が
鈴を持って歩いてください。
玲子こわごわ
摺り足急ぎ足。

台川の流れさらに下れば
崖崩れ倒木あまた。
新緑さらに深く
川音さらに高く。

＊大滝＝釜渕の滝。
＊「花巻といふうまやあり」「むかしや牧のありけるやらんととふに、さはこたへず」

「むかしは河岸に花多くありてちりうく頃、水にうづまかれてたゆたふよりいひし名とこたふ」うまや＝駅家。（菅江真澄旅日記「けふのせば布」）

＊「上川に花の林があればこそ、花の筏が流れ来る」（真澄「ひなの一ふし」から「奥、上川ぶり」「北上川の古名也。いとふるき歌にや」）

＊「釜渕の滝より白し秋の蝶」虚子句板。滝の手前の立木に。

「大釜や滝が沸かせる水煙」巌谷小波句碑。

「かげらふか何かゆれてゐる、かげらふじゃない、網膜が感じたゞけのその光だ」宮沢賢治標板。

「釜淵だら俺ぁ前になんぼがへりも見た。それでも今日も来た」「たしかに光がうごいてみんなが立ち上がる。腰をおろしたみぢかい草、かげらふか何かゆれてゐる。かげらふじゃない、網膜が感じたゞけのその光だ」宮沢賢治童話「台川」。

賢治は農学校の生徒を連れて台川をさかのぼり釜淵の滝あたりまで地形や岩石などを調べに来ている。

地
定価　　円

補充注文カード

地方・小出版 流通センター 取扱品

貴店名（帖合）

書名・著者名

続続 地名抄
安水稔和 詩集

発行所名
編集工房ノア

注文制です。返品のないようにお願いします

定価　　円
本体　　円+税

注文数

花巻　＊＊

川沿いの道を辿るうちに
川から離れて林間の上り坂になる。
崖下に橋が見える
犬が一匹やってくる。

玲子が逃げる
あっというまにいなくなる。
犬は橋上に動かず。

大丈夫だよと言うと
やっと出てくる。
木にでも登っていたの。

問うも答えず
足早に先へ先へと。
追いかける上り坂
かたわらに碑《いしぶみ》二つ並び立つ。

＊橋＝月見橋。
＊「山あまたまろき緑を重ねたるなかへ音しぬ台川の水」　与謝野寛
「深山なるかじかに通う声もして岩にひろがる釜ふちの滝」　与謝野晶子

飛馳城跡《とばせじょうせき》

広場に車をとめる
かたわらの便所の戸にはり紙。
熊が出ます
玲子動かず車中に。

本丸跡まわりこむと
草むらに碑が。

早池峰
遠望。

戻ると
玲子動かず車内に。
ドアを押えてつぶやく
怖い怖い。

＊和賀氏本城。
＊碑＝高村光太郎詩碑。
「高くたかく清く親しく／無量のあふれるもの／あたたかく時におかしく／山口山の林間に鳴り、北上平野の展望にとどろき／現世の次元を突変させる」（「ブランデンブルグ」より）。

北上《きたかみ》

入口に
北上舟模型
続いて剥製の数々。
熊・イタチ・テン・リス
モモンガ・ムササビ・ウサギ・カモシカ。

奥まったところ
金網のなかに
白蛇一匹動かず。
その前に玲子しゃがみこむ
動くまで待つと。

＊岩手県北上市立博物館。
＊蛇は餌をもらうと半月は動かないそうで。したがって動くまで待つと言っても、白蛇がいつ動くかはわからない。

Ⅲ 地名抄

信濃　しなの　二篇

追分　おいわけ

分去《わかさ》れ
追分宿旧本陣。
油屋
木造二階建て二階右手の部屋。

追分原
朝露　草の道濡れ。
浅間山
夕もやに包まれ　霞む。
落葉松《からまつ》　山羊
水車小屋。
すれちがう少女
幻。

＊堀辰雄、立原道造。

沓掛《くつかけ》

そば屋でそば
そば湯飲み。
バスがなくなり
日が落ちて。

パンをかかえて
夜道を戻る。

蛍をつかまえては放し
つかまえては放し。

月をたよりに
夜おそく。
宿に
たどりつく。

*宿＝信濃追分、油屋。

能登　のと　五篇

雨晴　あまはらし

波のむこう
空のはて。
はるか
遠くに。

鮮やかにあらわれ
くっきりと輪郭が。
息づくように形を変え
瞬時に消えて。

息弾み
動悸やまず。
現か
現か。

氷見　ひみ

一枚の輝く
鏡のむこう。
純白の
落ちる滝かと。

一筋の流れる
雲の下。

黒々と光る
岩のつながり。

すべてを包む
大気のやわらかさ。
深々と沈みゆく
小宇宙。

羽咋《はくい》

椨《たぶのき》の森に
分け入り。
潮の香に導かれて
歩みつづける。

照り返し眩《まぶ》し
いにしえの香に包まれ。
どこまでも
どこまでも。

＊椨＝神木。クスノキ科常緑高木。海岸近くに自生、高さ15メートル余に達する。イヌグス、楠仔木。
＊気多大社。

穴水　あなみず

海なかに立つ
木組みに座りこみ。
波のかなたを
凝視する。

かならずと思い定め
あらわれるのを待つ。

やがてざわざわと
肌に感じる気配。

立ちあがって
手をあげ声をあげ。
やっと来たぞ
確かにあれは。

＊当地の漁法。

蛸島《たこじま》

土間を抜け
狭い庭に出る。
カンナの花の黄の溢れ
ノウゼンカズラの橙こぼれ。

土蔵の白壁
夕陽に燃え。
わずかに　わずかに
壁の亀裂濃く。

対馬　つしま　四篇

浅茅湾　あそうわん

早朝快晴。
下島から上島へ
フェリーで渡る。
鮮やかな夏空
長々と頭上にかかる巻雲。

すれちがう船に
馬三頭。
赤土の岸に
車乗り入れ
急坂を駆け上る。

＊馬＝対州馬。

鰐浦《わにうら》

山なかを縫い
ひた走る。
このあたりが仁位郷
このあたりは仁田郷。

御岳越え
佐護回わり。

佐須奈抜け
村から村を縫うように。
やがて比田勝
鰐浦へ。
かすむ海の向こう
半島が見えるか。

＊比田勝＝対馬北東部。昼食をとった旅館の部屋の名は「国境の間」。
＊鰐浦＝対馬最北端西側の地。朝鮮戦争時、昼夜戦火が遠望されたという。

厳原　いずはら　＊

石垣に囲まれた今日の宿。
暗闇にすかし見れば
御宿　仁位郷宿と。

因縁浅からず。
仁位孫一郎履歴

小脇にかかえ敷居をまたぐ。
吊られた蚊屋のなか。
敷つめられたふとんのひとつに
もぐりこむ。

＊郷宿＝対馬島内各郷の者が厳原に来た時泊まる宿。
＊「仁位孫一郎履歴」＝当島安藤寺安藤良俊住職からいただいた写本。文久元年、露艦ポサドニック号による対馬事件の時、事にあたった対馬藩家老一代記。

厳原　＊＊

深夜
帰りつき。
寝静まった郷宿
台所の板の間に机持ち出し。

大冊対馬島史
夜を徹して読みあげ。

夜明けの光のなか
縁側で写真にとり。

早朝
郷宿を出て。
快晴の
対馬を去る。

＊「対馬島史」＝安藤良俊住職から一夜借りる。

Ⅳ　地名抄

滋賀　しが　三篇

花沢　はなざわ

はなのき
はなかえで。
幹まわり五メートル
高さ十数メートル。

枝太く
葉むら繁く。
こぶだらけの幹
半ば朽ち。

春は深紅の花に包まれ
秋は燃える紅葉に囲まれ。
五百年
立ち続ける。

永源寺　えいげんじ

寺を見上げる
川ぞいの宿に泊まる。
地コンニャクの刺身田楽
地松茸　地酒。

夜中に天井を走っても
驚かないでください。

なにが出るの
ムササビ。

一夜
夢中。
川音絶えず
ムササビは出なかった。

湖東《ことう》

目を閉じると
野に立つ深紅の大樹。
目をこらすと
闇の谷を飛ぶ黒い影。

目を開けば
一面に光る水の原。
目をこらせば
漆黒の山の影。

播磨　はりま　四篇

仁豊野　にぶの

乾いた国道渡り
狭い路地すり抜け。
川岸に立ち
水の流れを見つめる。

こころがほぐれて
水にうかぶ。
きおくが浮かんで
水を流れる。

市川《いちかわ》

鳥がいる
流れの洲に。
白く大きな鳥が
立っている。

鳥がいる
日の影の下。

白く大きな鳥が
一本足で立っている。

鳥がいる
立ちつくしている。
何年も前から
何十年も前から。

相生

おお

桟橋の根元
波打ち寄せる崖下。
日陰の凹地
茶褐色のカキ殻の山。

うず高く
捨てられ。
にぶく
光る。

余部　よべ

暗くなったとおもえば
藪のなか。
どこまで続く
竹の垣根。

ときおり覗く
狭い田畑。

くすんだ鶏舎
朽ちた家。

突然
開く視野。
明るい野に
こぼれ落ちる。

*兵庫南部、姫新線沿線。

但馬　たじま　二篇

餘部　あまるべ

深い空を背負い
橋の上に立ち。
深い海の奥を
見詰めると。

身内を音高く流れるものがある
激しく激しく。
この身を抱きしめるものがいる
固く固く。

遠き地からの客人《まれびと》の
熱い肉の気配。
こだまする声
近づく足音。

＊あまるべ＝余り戸、あまべ。律令制下の村落制度で「50戸を一里としたとき、それに満たない小集落」(「角川日本地名大辞典28兵庫県」)。
＊兵庫北部、山陰本線沿線。

鎧

よろい

広げる袖のむこうに
鷹巣岩
蜂巣岩。

広げる袖のこちらに

兜岩
孔雀洞門。

魚沈む
貝走る
波凝る。

北攝　ほくせつ　三篇

乙原　おちばら

水が流れる
滝となり。
谷をつたい
野をくだり。

根にとりつき
幹をよじのぼり。
枝づたい
花にたどりつく。

木器

こうづき

大柿すぎ
小柿すぎ。
大豆川渡り
小豆川渡り。

辿りつく
谷合いの平地。

こども走る
手を振る　声あげる。

春ならぬ
春。
草木芽ぶき
やわらかくひかる。

秋ならぬ
秋。
草木揺れ
やさしくかおる。

母子《もうし》

森の奥の
木蔭に。
石に座る女
目を閉じ。

草の原で
花に囲まれ。
あかごが這う
あかごが笑う。

V　地名抄

神戸　こうべ　三篇

垂水　たるみ

石激《いわばしる》る垂水の上のさわらびの萌えいづる春になりにけるかも（万葉集）
命を幸《さき》く良けむと石走《いわばしる》る垂水の水をむすびて飲みつ（同）

あちらの丘
こちらの谷。
急ぎ足でむこうの角を曲がり
ゆっくりとこちらの路地に。

立ち木　花　落葉
垣根　水たまり。
道のまんなかで遊ぶ子
走る犬　横切る猫。

石段登りつめ
藪ウグイスの声。
崖に立ち
海を眺める。

塩屋　しおや

あはれに、さる塩屋のかたはらに過しつらむことを（源氏物語「松風」）

朝日に輝く一枚の鏡
友ケ島一望。
島と見まがう巨大タンカー
波間にかくれる漁船の一群。

夕日に燃える一筋の橋
塩焼く煙の幻。
ときに深い霧におおわれ
ときに星の光を浴び。

＊塩屋＝塩竃《しおがま》のある小屋、塩焼き小屋。

池田上町

いけだうえまち

エゴノキの新芽が芽ぶくころ。
裏の小学校のピカピカの一年生が
新しいランドセルを背負って駆けて行く。

エゴノキの白い花の咲くころ。
しゃがんで地面に絵をかいたり線を引いたり
門のベルを押してワッと声あげて逃げたり。

エゴノキの白い花が散るころ。
散り敷く白い花拾い集めて
溝を流れる水に浮かべて遊んだり。
（学校に遅れるよ。）

エゴノキの黒い実が実るころ。
風に揺れて次々と音もなく落ち
音もなく坂道を転がり。

＊エゴノキ＝ロクロギ、チシャノキ、斉墩果。落葉小高木。高さ3〜5メートル。初夏、白色五弁花を下垂する。

災　わざわい　六篇

須磨　すま

戦闘帽
防空頭巾。
ゲートル
モンペ。

黒く塗られる建物
ダンダラ。
売る品がない店
いなくなる人々。

掘り起されて
畑になる道。
キュウリ　ナスビ
カボチャ　トマト。

そこここに防火水槽
積み上げられた砂袋。

立てかけられた火消し棒
錆びた三輪車。

夜ひっそりと
電灯をおおう黒い布。
明滅する閃光
たえまない爆音。

＊1945年6月5日、神戸大空襲。わが街わが家が燃え落ちて。

長田《ながた》

着替えず
そのまま寝る。
部屋の戸をあけたまま
スリッパそろえて寝る。

枕もとに
小さなリュック二つ。
赤のリュックは玲子
黒のリュックはわたし。

＊1995年1月17日、阪神・淡路大震災。
＊赤のリュックには当座の必要品、黒のリュックには原稿の束。

上沢《かみさわ》

人の気配
ざわざわ。
人々が走る
裏山へ。

走る人にまじって
坂をのぼる。

暗闇の坂を
ふとんかぶって。
ふりむけば
街燃える。
空暗く
海見えず。

＊1945年3月17日、神戸大空襲。

万富　まんとみ

二階の軒まで
水が来て。
筏に乗って
濁流を流されて。

水が引いて
家に戻ると。

一面の泥の海
太い丸太が何本も入りこみ。
ふやけた重い畳はがして
床板に横になる。
不眠
薄明。

＊神戸大空襲の半年後。１９４５年９月17日、台風で吉井川決壊。

緋牛内　ひうしない

泥の粘り
血の色。
鉄の臭い
鎖の音。

土を盛り
土饅頭。
その上に
鎖。

*旭川から網走まで、北見道路の建設工事に従事した囚人一五〇〇人のうち死者二〇〇人余。一八九一年（明治24年）完成。
*鎖塚二基現存とか。鎖をつけたまま埋められ土饅頭の上に鎖を置いた。

平岡　ひらおか

風景は美しく
人々の笑顔はやさしく。
わたしたちは忘れっぽい。

だが
忘れてはならぬことはあるのだし。
それもたくさんあるのだ。

Ⅵ 地名抄

九州の旅　一九六〇年三月　八篇

別府　べっぷ

海地獄
山地獄。
坊主地獄
泥地獄。

龍巻地獄
血の池地獄。
白池地獄
鬼石地獄。

地獄いろいろ
なかでも百万地獄。
ただただ湯を噴きあげるのが
いい。

*夕刻、神戸港で関西汽船別府航路さくら丸に乗船。翌日午後、別府港着岸下船。地獄めぐり、亀の井ホテル泊。

宮地　みやじ

途中下車
雨激しく人影なく。
濡れた道
傘さして辿り。

辿り着いた社
境内無人。

樹下雨滴
樹上ニワトリ二羽。

バス停で
老人に声かけられる。
新婚旅行か
大変じゃのう　この雨では。

＊社＝阿蘇神社。

阿蘇山　あそざん

濃霧残雪
向かい風。
雨合羽長靴
火口縁めぐる。

人影が近づき
遠ざかる。

無声
無音。

手をつなぎ
ゆっくりと歩く。
白い霧の底
つめたい春の風のなか。

内牧

うちのまき

中庭の木々の
枝先が。
やわらかく
濡れて震えて。

上下する
あなたの白い胸。

あたたかい
あなたの鼓動。

やがてとっぷり暮れて
火口原沈み。
地の響きが
わたしたちの体に伝わる。

*内牧温泉旅館角萬泊。

大観峯《たいかんほう》

早朝
快晴。
ボンネットバスに乗り

菜の花咲き乱れる火口原を走る。
あなたとふたり並んで座って
外輪山を越える。

小国　おぐに

停車するたび
人を降ろし人を乗せ。
野菜の束
籠に入ったニワトリ
預かったり手渡したり。

小さな町の辻で小休止
人々の声ひときわ騒がしく。
つかのま
ふたたび走り出す
土煙あげて。

杖立　つえたて

小道下って
今日の宿。
足投げ出して
顔見合わせて。

小道上って
石橋渡り。

川ぞいを歩く
立ちのぼる湯煙。

足もとにまつわりつき
あたしたちを包みこみ。
見上げれば杉木立
深い深い青い空。

＊旅館白水荘泊。

日田　ひた

土ぼこり立つ駅前広場から
広い道まっすぐ行けば。
川にぶつかる
三隅川波立ち。

川を渡れば三隅山
影深い山道辿り。

社に辿りつく
杜に包まれた小さな社。
敷石踏みひびく足音
ざわざわざわつくのは。
川の音か山の音か
わたしたちの鼓動か。

＊三隅川河畔三隅亀山公園。
＊社＝日隅神社。

九州の旅　一九九七年三月

37年後の逆まわりの旅　八篇

日田　ひた

日隅神社境内
緑いや濃く。
参道脇の石碑
白い照りはえ。
川を見下ろす大樹

変わらず枝揺れ葉揺れ。

川沿いの道
春の風やわらかく。
変わらず川は流れ
川波変わらず寄せ。

＊久留米での丸山豊記念現代詩賞受賞式の帰りに、新婚旅行のときとは逆まわりの旅を考えた。三十七年前にとった写真を手に、あの時写真をとった場所を探してまわる。別府→宮地→内牧→杖立→日田→久留米の逆まわり。久留米→日田→杖立→宮地→内牧とたどったが。別府の亀の井ホテルが改装休業中、そこで同じ亀の井ということで由布院の亀の井別荘に泊まる。

杖立　つえたて

三十七年前に泊まった宿を
探して探して。
やっと見つけ出すも
廃業。

川にかかる石橋は
赤い鉄の橋に。

広い川床は
駐車場に変身。

煬煙変わらず
川音変わらず。
杉木立変わらず
流れる雲白く変わらず。

阿蘇山　あそざん

叩きつける雨
火口のふちに立つ。
突風
あの日も今日も。

火口壁
黒い岩肌。

噴火口
火の色。

見えなかったものが
はっきり。
聞こえなかったものが
近くに。

宮地《みやじ》

境内は
人でいっぱい。
社殿裏で
二人で写真を撮った場所を探し当てる。

六本あった杉木立が
今は三本。

切り株が
三つ残る。

社務所で
よりそい土鈴を求める。
牛の形した紅白一対
振ればコポコポ音がする。

*阿蘇神社。

内牧　うちのまき

よみがえる
やさしい記憶。
たちかえる
あたたかい感触。

夜半
外輪山に。

野焼きの火
遠望。

つらなり
つながる。
あかるいいま
あたたかいここ。

＊旅館角萬再泊。

由布院　ゆふいん　*

窓いっぱいに
杉の大樹。
枝を拡げ
葉を茂らせる。

ガーデンテラス螢火園

夕食の席に座れば。
卓上にうす紫色の大根の花が
見れば見おぼえのあるなみだ壺。

高さ八センチ
紡錘形。
涙の滴《しずく》のような
手の平にすっぽりと収まる。

＊なみだ壺＝山本源太作。

由布院　＊＊

明け方。
寝ている胸のあたりが
ふわりと揺れて。

朝食。
なみだ壺が迎えてくれる
摘みたての大根の花のうす紫。

雨中歩きまわる。
コブシ　レンギョウ　桜
水仙　菜の花　大根の花。

風おだやか。
湖白く
靄に包まれ。

＊震源は愛媛県南部、震度4。
＊湖＝金鱗湖。

由布院　＊＊＊

白煙をあげまっさかさまに
墜落する飛行機。
机上に転がる
リンゴ三個。
題して「素朴な月夜」。

白煙あげてまっさかさまに
墜落する飛行機がない。
机上に転がる
リンゴは五個。
同じく「素朴な月夜」。

＊「素朴な月夜」（一九二九）古賀春江画。
＊久留米・石橋美術館蔵、116・5×90・0cm。油彩。（街中にある美術館）
由布院・ゆふいん近代美術館蔵、76・0×56・5cm。紙・水彩。（たんぼのなかにある個人美術館）

Ⅶ 地名抄

東経１３７度線上を行く　十篇

詞書　ことばがき

数年前の夏のことだ。中学生と小学生の二人の子供がどこかへ行きたいというので、どこへ行きたいかたずねてみた。すると、子供たちは口々に答えた。

「山の奥へ行って走りまわりたい」

「兎をつかまえる」

「山のなかの川で泳ぎたい」

「魚をつかまえる」

「海でおもいきり泳ぎたい」

「魚を釣る」

「ちょっと変わったところで泊まってみたい」

「一日でなくてたくさん」

「人のいないところがいい」

「すこしいるほうがいい」

「どこでもいいから連《つ》れてって」

「連れてって」

そこでプランを練《ね》った。

富山県の五箇山《ごかやま》で走って泳いで釣って合掌造りの民宿に泊まって。奥能登の海で走って泳いで釣って海辺の民宿に泊まって。釣竿は短いのを二本。途中に郡上八幡《ぐじょうはちまん》の盆踊りと輪島の夏祭りを加えて。

さあ、家族四人の夏休み旅行へ出発だ。

郡上八幡　ぐじょうはちまん

川に沿って続く
家並み。
橋の下
流れる水とともに。
岩を流れ下る少年あまた
両手あげ声あげて。

夜

暗い路地を抜けると。
囃子屋台囲んで
囃子歌　下駄の音。
踊りの輪の美しく
やさしい闇。
路地から路地へ
耳もとすずし水の音。

＊郡上踊り＝七月中旬の発祥祭から九月中間の踊り納めまで二か月三十数夜にわたって踊りつづけられる。

上梨　かみなし

谷の底に降り
流れをたどって山に入る。
蝶を捕え
アブに追われ
花を摘み。

夜。
障子とっぱらった
広々とした広間。
すきなところにすきなように
布団敷き並べて寝る。

＊合掌集落。村上家住宅、羽馬家住宅がある。対岸に流刑小屋。

相倉《あいのくら》

自在鉤
鉄釜のいろり。
縁側に腰をおろして
谷むこうの山肌を見ている。

山あいにこだまする
筑子《こきりこ》のひびき。
篝火《かがりび》に囲まれた庭で
けんめいに踊る若者の額《ひたい》の汗。

＊川筋からずっと上の山腹にある合掌集落。
＊筑子＝二本の竹の棒を打ち鳴らす日本の民族楽器。小切子。

大牧《おおまき》

船で行く
川岸の一軒宿。
部屋の手すりから
釣糸たらすと。

釣れた。
ウグイ大　二尾

ウグイ小　十三尾
ハヤ　四尾。

夕日影
川面染め。
霧が流れて
やがてとっぷりと暮れ。

輪島

わじま　＊

日なか。
町のあちらにもこちらにも
祭りの会所
人が出入する。
切籠《きりこ》のそばで
太鼓たたいて子供が遊ぶ。

薄暮。
幟立ち並び
灯のついた切籠が集まってくる。
鉢巻き締め法被《はっぴ》姿の若者たちが
太鼓たたいて笛吹いて
掛け声いさましく練り歩く。

*切籠＝切籠灯籠、切子。

輪島　＊＊

笹竹の先に灯籠
灯の列が近づいてくる。
木の枝を持ち
藁の丸太ひきずり子供たちが。
幟かかげ鉾《ほこ》立てて
人々が列なして続く。

そして神輿《みこし》がやってくる
右に揺れ左にぶつかり。
それから切籠がやってくる
人々のどよめき。
夜の浜に火柱二本
燃えあがり傾き倒れて。

闇が戻る
祭りが終わる。

舳倉島　へぐらじま

かなたに見ゆるは
沖つ島。
低く平らな
猫の島。

風激しく
雪積まぬ。
八十八夜の島わたり
渡りの鳥の羽休め。

＊沖つ島、奥津島＝大伴家持。
猫の島＝今昔物語。

仁江　にえ

並んで泳ぐ。
沖をわたし
まんなかを上の子
浜寄りに下の子。

岩が
岩間の波が日に染まる。
泳ぐわたしたちが
わたしたちの体が日に染まる。

見付《みつけ》

浜に立つと。
いやでも目に入る
船の舳先《へさき》そっくりの
岩の島。
海に入るも。
行っても行っても

腰の深さ
胸までもない砂地の遠浅。
天気が崩れるらしい。
雨がぱらつき出して
やがて激しい吹き降り
物の飛ぶ音転がる音が。

＊岩の島＝軍艦島。

Ⅷ　地名抄

尾駮の牧・楚堵賀浜風補遺

としふともおもひしまゝにみちのくの其名をぶちの牧のあら駒

菅江真澄

尾駮《おぶち》の牧　十四篇

砂子又　すなこまた

雪積もる道を辿り
山路に入る。
横ながれ
子持ちながれ。
雪はげしく。

山川の岸
氷に雪。
うっすらと
鳥の足跡。
雪しきり。

上田代　かみたしろ

小峠大峠
前峠。
雪踏みしだき越え。
谷底に

煙ひとすじ。
炭を焼く。

屋根にひとすじ
鹿の通り路。
雪光る。

小田野沢
おだのさわ

浜路に出る。
山遠く
海辺近く
道広く。

荒波寄せる磯に。
七尺ばかり

十文字の柱立つ
しるしのさおとか。

ふりかえり
ふりかえり遠ざかれば。
たちまち疾風《はやち》吹き
行く先暗く。

老部《おいべ》

磯見えず
山見えず。
目の先に磯家あらわれ
塩焼く煙いや立つ。

あられ降りかけ
行く先遠く。
吹雪蓑をうがち
ようように苫屋《とまや》に宿つく。

白糠　しらぬか

村の跡
いくつか過ぎて。
海辺行き行き
斑雪《はだらゆき》　泥の道。

屏風岩過ぎ
次左衛門ころばし。

柴のかけ橋
水のあふれ流れて凍る岩石おとし。

灰をまきまき
寒空に玉の汗。
牛の沢　牛の岩　牛の舌
ぽっとあけ　吹きあがる潮。

＊灰＝腰にさげたこだし（編袋）からとりだしてまく。

物見崎《ものみざき》

浜から
小舟が。
舟人ふたり
車櫂さし漕ぎ進む。

さまざまの岩さし出て
槙櫟　枝さしかわし。

梢々を白い布でつつんだよう
雪降り埋める。

岩間から滝
なかば凍り細く落ち。
山颪《やまおろし》吹きおろし
岸の波高く打ちあげ。

馬門

まかど

鏡のごとく凍った氷の上を
はるばると渡ると。
牛のひずめも立たず行きなやみ
転んでは起き起きては転び。

氷上から牛をかろうじて引き出し
やれうれしや。
冬空の下で汗拭い
語らいながら泊の浦に辿り着く。

泊　とまり

物見崎越え
中山崎まわり。
雪の岡辺で
あげまきにまじり休む。

空かきくもり
雪降りだして。
まだ日も高く
宿かりぬ。

＊あげまき＝子供。

出戸《でと》

皮ごろも借り
馬に乗り。
磯山おろし吹き荒れるなか
しのぎしのぎ進めば。

馬も人も雪かぶり
行く手も見えず。
雪に埋もれて

川見えず。

北川沢　南川沢
矢萩が岳。
行きなやみ
ようやく宿に辿りつく。

夜半
風なおはげしく。
雪垣のすきまから
雪吹きこみ眠れず。

＊皮ごろも＝毛皮で作った防寒用の衣、裘、かわぎぬ。

高牧　たかまき

牛に乗り
雪道を辿る。
水なし川渡り
掛橋《かくはし》 地獄沢。

枯草の岡
わずかにあらわれるも。

雪深く
近づけず。

大きな湖を見つつ
牛を追い。
雪降るなか
尾駮《おぶち》の里に着く。

＊枯草の岡＝尾駮の牧の古跡。

尾駮《おぶち》

昨夜から雨
雪のなかの雨。
春めくも
春ならず。

ものうい
日影。
老人が

窓から顔を出す。

けふはなほ雨ふらん
雨まじり雪のふるべし。
吹雪《ふき》にもならん
いぶせくもいま一夜とどまりてと。

ともに
安座して。
囲炉裏ばた
榾火《ほたび》のもとに。

＊安座＝あぐらを組むこと。くつろいで座ること。

尾駮沼　おぶちぬま

鳥の海
はばたく鳥の翅に似て。
凍る岸辺に
雪積もる。
斧持つ人が
氷打ち破り。

小舟おろして
潟に乗り出し。
網代屋《あじろや》の
破れ繕《つく》ろう。

凍らない水に
白鳥　鴨。
おしどりまじり浮き
しきりに声高く鳴く。

*網代屋＝までゝ、までや。荒海から波にさそわれて入る鰊《にしん》をすなどる小屋。

高石　たかいし　*

野辺地へ行く道は
雪深くつもり。
分け行くこともむつかしく
もと来た道を帰る。

田名部目指して
牛に乗り。

出戸の浜近く
牛を乗りかえ。

雪吹き散り
行手も見えず。
牛追いの姿消え
目ばかり黒く寒げで。

高石　**

高石あたり
波音さえる沖に。
ちどり群れ鳴き
やがて晴れ。

高石すぎて
風音高く。
鷺一羽飛び
また降り出して。

楚《そ》堵《と》賀《が》浜風《はまかぜ》補遺　二篇

五所川原　ごしょがわら

森田過ぎ
山田過ぎ。
家々倒れ伏し朽ちはて
柱の跡のみ。

木造過ぎて
岩木川。
綱曳いて渡す渡しを渡り
五所川原に宿取る。

＊森田村床前で菅江真澄は二年前（天明三年）のけかち（飢渇）の跡を目のあたりにする。「床前といふ村のこみちわけ来れば、雪のむら消え残りたるやうに、草むらに人のしら骨あまたみだれちり、あるは山高くつかねたり。かうべなど、まれびたる穴ごとに、薄、女郎花の生出たるさま、見るこゝちもなく」（菅江真澄「楚堵賀浜風」）

的神　まとがみ

道の辺の家で橇《そり》に腰かけてにこやかに笑う老人から青い草鞋《わらじ》を求める。この草鞋はなぜ青いのかと問えばこれは路芝であんだもので遠

路はきつづけても破れませんと答える。また
もかひたまひねと。おもひつづきたり。

*青い草鞋=稲藁ではなく路芝で編んだもの。路芝はチカラシバ、ハナビガヤ、カゼクサともいい道ばたに生える草。

*

あとがき

本書『繫《つな》ぐ　続続地名抄』は、『地名抄』（２０１８年11月刊）と『辿《たど》る　続地名抄』（２０１９年9月刊）に続く三冊目の地名詩集である。

前詩集の「あとがき」でわたしは次のように記している。

「本詩集にあらわれる地は、出かけたところ、滞在したところ、あるいは通り過ぎただけのところはもちろんのこと、出かけたことも通り過ぎたこともない未知の地もある。そのいずれもが今確かにまざまざと思いえがける地である。まこと〈そこにある〉なつかしい地である。」

これは本書にもそのまま当てはまる。

三冊の地名詩集以前の詩集でも地名を題材とした詩は多く三〇〇篇は超える。それに前々詩集の一〇〇篇、前詩集の一〇一篇、さらに本詩集の一〇二篇を加えると地名詩は六〇〇篇余となる。

本書収録の詩篇は下記以外はすべて書き下ろし・未発表である。
「釜渕の滝（花巻＊）」「月見橋（花巻＊＊）」（「詩人会議」２０２０年1月号）
第六部「尾駮《おぶち》の牧　十四篇」は菅江真澄の旅を辿る菅江真澄追跡同行《どうぎょう》詩篇である。
カバー絵は故津高和一。本書で十四冊目になる。
巻末に「著作目録」を添えた。

昨秋から体調を崩すなか、一〇二篇集中して書き続け、なんとか本書にまとめることができた。嬉しい。
三十二年三十四冊。お世話になった編集工房ノア社主涸沢純平さんに御礼申し上げます。
最後にやはり、妻の玲子に感謝。

二〇二〇年三月

安水稔和

安水稔和　やすみず・としかず　著作目録

＊詩集

第一詩集　存在のための歌　一九五五年　くろおぺす社
第二詩集　愛について　一九五六年　人文書院
第三詩集　鳥　一九五八年　くろおぺす社
第四詩集　能登　第一回半どんの会芸術賞文学賞　一九六二年　蜘蛛出版社
第五詩集　花祭　一九六四年　蜘蛛出版社
第六詩集　やってくる者　一九六六年　蜘蛛出版社
第七詩集　佐渡　一九七一年　蜘蛛出版社
第八詩集　歌のように　一九七一年　蜘蛛出版社
第九詩集　西馬音内《にしもない》　一九七七年　蜘蛛出版社
第十詩集　異国間《いこくんま》　一九七九年　蜘蛛出版社
第十一詩集　記憶めくり　第十四回地球賞　一九八八年　編集工房ノア
第十二詩集　風を結ぶ　一九九三年　編集工房ノア
第十三詩集　震える木　一九九四年　編集工房ノア
第十四詩集　秋山抄《あきやましょう》　第六回丸山豊記念現代詩賞　一九九六年　編集工房ノア

第十五詩集　生きているということ　第四十回晩翠賞　一九九九年　編集工房ノア
第十六詩集　椿崎や見なんとて　第十六回詩歌文学館賞　二〇〇〇年　編集工房ノア
第十七詩集　ことばの日々　二〇〇二年　編集工房ノア
第十八詩集　蟹場まで《がにばまで》　第四十三回藤村記念歴程賞　二〇〇四年　編集工房ノア
第十九詩集　久遠《くどう》　二〇〇八年　編集工房ノア
第二十詩集　ひかりの抱擁　二〇一〇年　編集工房ノア
第二十一詩集　記憶の目印　二〇一三年　編集工房ノア
第二十二詩集　有珠《うす》　二〇一四年　編集工房ノア
第二十三詩集　甦る《よみがえる》　二〇一七年　編集工房ノア
第二十四詩集　地名抄　二〇一八年　編集工房ノア
第二十五詩集　辿る《たどる》　続地名抄　二〇一九年　編集工房ノア
第二十六詩集　繋ぐ《つなぐ》　続続地名抄　二〇二〇年　編集工房ノア

＊

選詩集　安水稔和詩集（現代詩文庫）　一九六九年　思潮社
全詩集　安水稔和全詩集　一九九九年　沖積舎
自選詩集　安水稔和詩集　二〇〇〇年　沖積舎
遠い声　若い歌　『安水稔和全詩集』以前の未刊詩集　二〇〇九年　沖積舎
選詩集　春よ　めぐれ（文庫判）　二〇一五年　編集工房ノア

全詩集　安水稔和詩集成（上下）　二〇一五年　沖積舎

＊　ラジオのための作品集

木と水への記憶　一九九四年　編集工房ノア

ニッポニアニッポン　一九九五年　編集工房ノア

君たちの知らないむかし広島は　一九九七年　編集工房ノア

島　二〇一三年　編集工房ノア

鳥の領土

＊　舞台のための作品集

紫式部なんか怖くない　二〇一二年　編集工房ノア

＊

旅行記　幻視の旅　旅に行け／旅に行くな（文研新書）　一九七三年　文研出版

評論集　歌の行方―菅江真澄追跡　一九七七年　国書刊行会

評論集　鳥になれ　鳥よ　一九八一年　花曜社

エッセイ　きみも旅をしてみませんか（吉野ろまん新書）　一九八二年　吉野教育出版

エッセイ　おまえの道を進めばいい　播磨の文人たちの物語　一九九一年　神戸新聞総合出版センター

詩文集　神戸　これから―激震地の詩人の一年　一九九六年　神戸新聞総合出版センター

詩文集　焼野の草びら―神戸　今も　一九九八年　編集工房ノア

詩文集　届く言葉―神戸　これはわたしたちみんなのこと　二〇〇〇年　編集工房ノア

評論集　新編　歌の行方―菅江真澄追跡　二〇〇一年　編集工房ノア
評論集　眼前の人―菅江真澄接近　二〇〇二年　編集工房ノア
評論集　おもひつづきたり―菅江真澄説き語り　二〇〇三年　編集工房ノア
評論集　竹中郁　詩人さんの声　二〇〇四年　編集工房ノア
評論集　小野十三郎　歌とは逆に歌　二〇〇五年　編集工房ノア
詩文集　十年歌―神戸　これから　二〇〇五年　編集工房ノア
評論集　内海信之　花と反戦の詩人　二〇〇七年　編集工房ノア
評論集　未来の記憶―菅江真澄同行　二〇〇九年　編集工房ノア
旅行記　新編　幻視の旅　二〇一〇年　沖積舎
評論集　杉山平一　青をめざして　二〇一〇年　編集工房ノア
旅行記　菅江真澄と旅する―東北遊覧記行（平凡社新書）　二〇一一年　平凡社
評論集　ぼくの詩の周辺―初期散文集　二〇一三年　沖積舎
自叙伝　生あるかぎり言葉を集め―神戸、この街で　二〇一三年　神戸新聞総合出版センター
随想集　声をあげよう　言葉を出そう　神戸新聞読者文芸選者随想　二〇一五年　神戸新聞総合出版センター
詩文集　隣の隣は隣―神戸　わが街　二〇一六年　編集工房ノア
随想集　神戸　わが町―ここがロドスだ　ここで踊ろう　二〇一六年　神戸新聞総合出版センター
評論集　一行の詩のためには―未刊散文集　二〇一六年　沖積舎

＊

選詩集　一〇〇年の詩集　兵庫神戸詩人の歩み（共編）　一九六七年　日東館
選詩集　小野十三郎（現代教養文庫）（編著）　一九七二年　社会思想社
選詩集　神戸の詩人たち　戦後詩集成（共編）　一九八四年　神戸新聞出版センター
選詩集　兵庫の詩人たち　明治大正昭和詩集成（共編）　一九八五年　神戸新聞出版センター
選詩集　竹中郁詩集（現代詩文庫）（編解説）　一九九四年　思潮社
選詩集　安西均詩集（芸林21世紀文庫）（編解説）　二〇〇三年　芸林書房
全詩集　竹中郁詩集成（共編）　二〇〇四年　沖積舎

繋《つな》ぐ　続続《ぞくぞく》地《ち》名《めい》抄《しょう》

二〇二〇年四月十五日発行

著　者　安水《やすみず》稔和《としかず》

発行者　涸沢純平
発行所　株式会社編集工房ノア
〒五三一—〇〇七一
大阪市北区中津三—一七—五
電話〇六（六三七三）三六四一
ＦＡＸ〇六（六三七三）三六四二
振替〇〇九四〇—七—三〇六四五七
組版　株式会社四国写研
印刷製本　亜細亜印刷株式会社
© 2020 Toshikazu Yasumizu
ISBN978-4-89271-328-6
不良本はお取り替えいたします